Elizabeth Singer Hunt

Geheimagent Jack

Das DaVinci-Geheimnis

Elizabeth Singer Hunt

Das DaVinci-Geheimnis

Aus dem Amerikanischen
von Sandra Margineanu

Mit Illustrationen von Timo Grubing

Dieses Buch ist auch als E-Book erhältlich.

Verlagsgruppe Random House FSC® N001967

1. Auflage 2018

Die Originalausgabe erschien 2007 unter dem Titel
„Secret Agent Jack Stalwart – The Mystery of the Mona Lisa“
bei Weinstein Books, New York.
Übersetzung: Sandra Margineanu
Umschlag- und Innenillustrationen: Timo Grubing
Umschlaggestaltung: init | Kommunikationsdesign, Bad Oeynhausen
aw · Herstellung: AJ
Satz: Uhl + Massopust, Aalen
Druck: GGP Media GmbH, Pößneck
ISBN: 978-3-570-17587-3
Printed in Germany

www.cbj-verlag.de

Für Andy, Morgan und Corinne

Die Welt

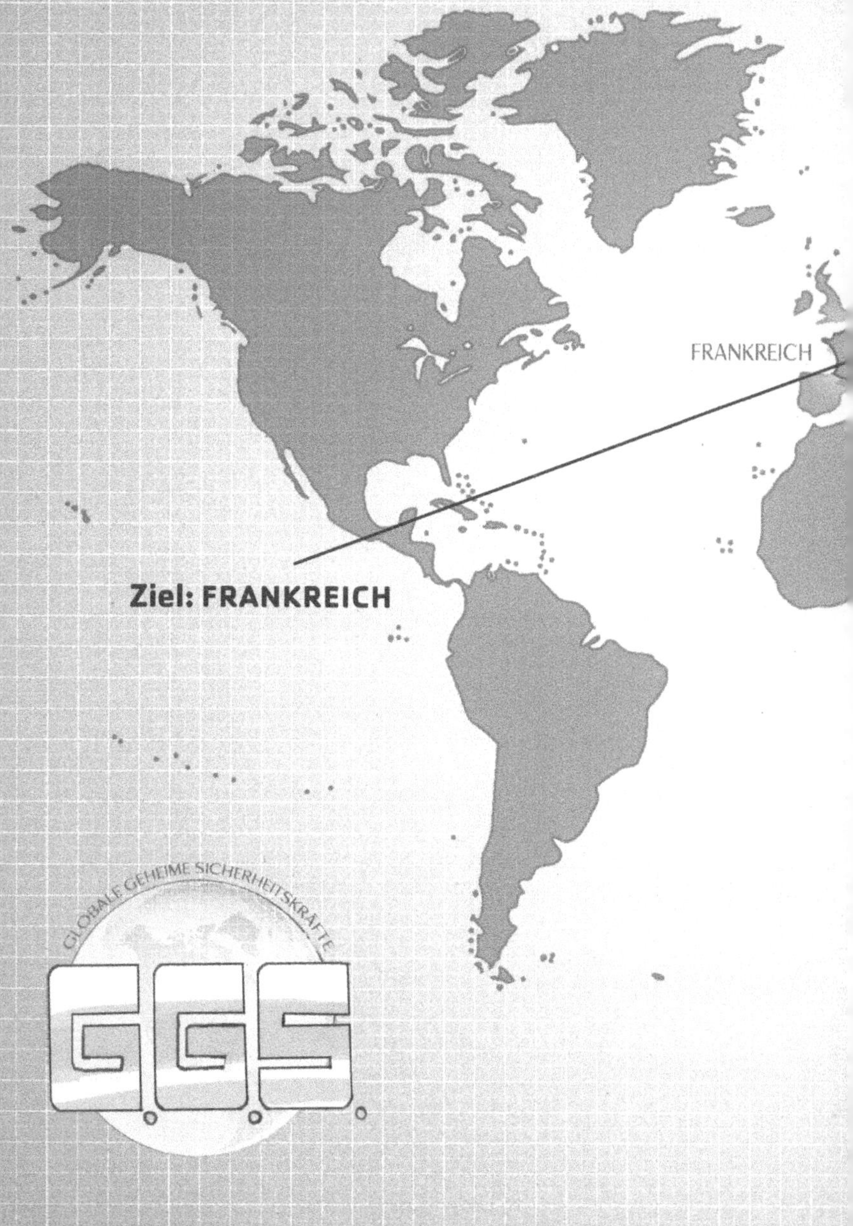

FRANKREICH

Ziel: FRANKREICH

GLOBALE GEHEIME SICHERHEITSKRÄFTE

G.G.S.

Globale Geheime Sicherheitskräfte

AKTE VON JACK STALWART

Jack Stalwart bewarb sich vor vier Monaten als Geheimagent bei den Globalen Geheimen Sicherheitskräften.

Mein Name ist Jack Stalwart. Mein älterer Bruder, Max, war als Geheimagent für Ihre Organisation tätig, bis er auf einer seiner Missionen verschollen ist. Ich möchte auch Geheimagent werden. Wenn Sie sich für mich entscheiden, werde ich ein ausgezeichneter Geheimagent sein und wie mein Bruder alle fiesen Bösewichte vertreiben.

Mit freundlichen Grüßen

Jack Stalwart

Globale Geheime Sicherheitskräfte
Interne Notiz

STRENG VERTRAULICH

Jack Stalwart hat vor vier Monaten seinen Treueschwur als Geheimagent der Globalen Geheimen Sicherheitskräfte geleistet. Seitdem hat er alle Missionen erfolgreich ausgeführt und viele gefährliche Gegner erledigt. Aus diesem Grund erhält er den Code-Namen MUT.

Wo sich sein Bruder befindet, hat Jack bisher nicht herausgefunden. Max arbeitet an einem geheimen Ort immer noch für unsere Organisation. Diese Information darf Geheimagent Jack Stalwart nicht erhalten. Niemals darf er etwas über seinen Bruder erfahren.

Gerald Barter

Gerald Barter
Direktor, Globale Geheime Sicherheitskräfte

Jacks Ausrüstung

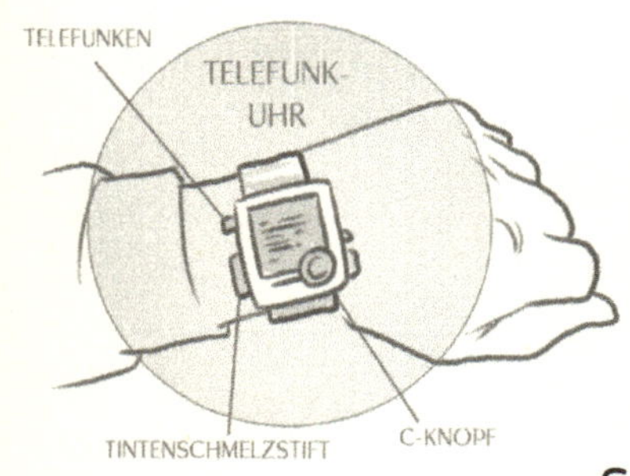

Telefunk-Uhr:
Das einzige technische Gerät, das Jack immer bei sich trägt, sogar wenn er nicht als Geheimagent unterwegs ist.

Die Telefunk-Uhr ist das zentrale Steuerungsgerät und sorgt dafür, dass die anderen Geräte reibungslos arbeiten. Sie hat viele wichtige Funktionen, am wichtigsten ist der C-Knopf, der den Code des Tages verrät. Ihn braucht Jack, um den Geheimagenten-Rucksack zu öffnen. Auf beiden Seiten der Uhr gibt es Schalter, einer aktiviert zum Beispiel den lebenswichtigen Tintenschmelzstift. Außer diesen Funktionen kann man mit der Uhr auch telefonieren und natürlich die Zeit ablesen.

Globale Geheime Sicherheitskräfte (GGS): Die GGS ist die Organisation, für die Jack arbeitet. Es ist eine internationale Truppe, bestehend aus jungen Geheimagenten, die es sich zum Ziel gesetzt haben, die Weltbevölkerung, Orte und Besitztümer zu beschützen. Niemand weiß genau, wo sich das Hauptquartier befindet (alle Mitteilungen und Geräte zur Reparatur werden zu einem Postfach geschickt. Trainingseinheiten finden an unterschiedlichen Orten weltweit statt), aber Jack vermutet, dass es irgendwo im nördlichen Polarkreis liegt.

Whizzy:

Jacks magischer Miniglobus. Fast jeden Abend um halb acht teilt die GGS Jack über Whizzy mit, in welches Land er als Nächstes reisen muss. Whizzy kann nicht sprechen, aber er kann Nachrichten ausspucken. Jacks Eltern wissen nicht, dass Whizzy kein normaler Globus ist.

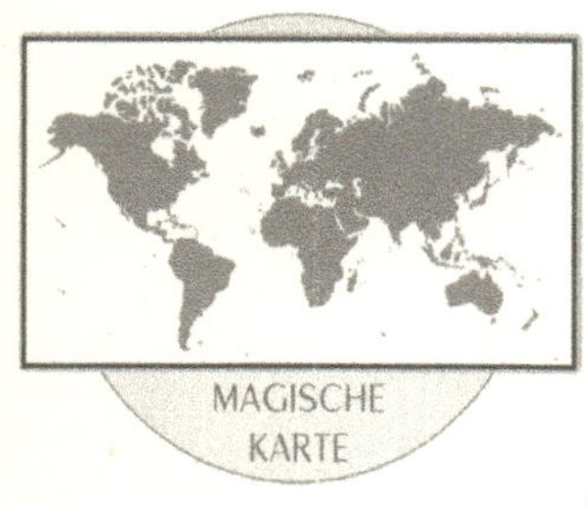

Magische Karte:

Die Magische Karte hängt an Jacks Zimmerwand. Anders als andere Karten besteht die GGS-Karte aus einem ganz besonderen Material. Wenn Jack das Land, das Whizzy ausgespuckt hat, wie ein Puzzlestück auf die Karte drückt, wird er von ihr verschluckt und auf seine Mission geschickt. Kehrt er zurück, ist nur eine Minute seit seinem Verschwinden vergangen.

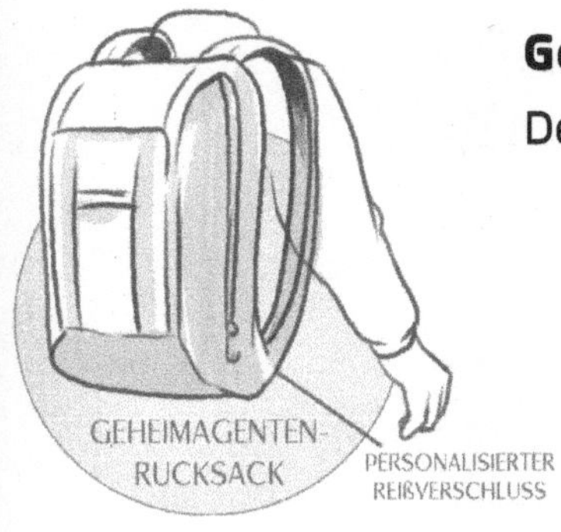

Geheimagenten-Rucksack: Den Rucksack hat Jack bei jeder Mission dabei. Er ist ausschließlich für Geheimagenten der Globalen Geheimen Sicherheitskräfte zugelassen. Er beinhaltet streng geheime Geräte, um die Absichten der Gegner zu durchkreuzen und dem sicheren Tod zu entkommen. Vor jeder Mission muss Jack den Rucksack mithilfe eines geheimen Codes aktivieren, den er von seiner Telefunk-Uhr bekommt. Wenn er unterwegs ist, braucht er nur den Finger auf den Reißverschluss zu legen, dann erkennt der Rucksack ihn als seinen Besitzer und öffnet sich.

Jacks Familie

Jacks Vater, John

Als Jack zwei Jahre alt war, ist John mit der Familie nach England gezogen, um bei einer Luft- und Raumfahrtfirma zu arbeiten. Soweit Jack weiß, gestaltet und produziert sein Vater Flugzeugteile. John denkt, dass Jack ein ganz normaler Junge ist und dass sein anderer Sohn, Max, auf ein Internat in der Schweiz geht. Jacks Vater ist Amerikaner und seine Mutter Engländerin, Jack ist ein bisschen von beidem.

Jacks Mutter, Corinne

Für Jack ist sie die tollste Mutter überhaupt. Als sie und ihr Mann durch einen Brief erfuhren, dass eine angesehene Schule in der Schweiz Max als Schüler aufnehmen will, waren sie überglücklich. Seit Max vor sechs Monaten abgereist ist, haben sie viele Briefe von ihm bekommen, in denen steht, dass es ihm gut geht. Sie ahnen nicht, dass alles nur Schwindel ist und die GGS die Briefe schickt.

Jacks älterer Bruder, Max

Vor zwei Jahren, als Max neun Jahre alt war, wurde er Mitglied der GGS. Er erzählte Jack von seinen Abenteuern und zeigte ihm, wie man die Geheimagenten-Geräte benutzt. Als die Familie den Brief aus der Schweiz erhielt, vermutete Jack, dass dies etwas mit der Geheimagenten-Tätigkeit seines Bruders zu tun hatte. Max gab ihm recht, aber er durfte nicht darüber sprechen, warum er fortmusste.

Jack Stalwart, neun Jahre alt

Vor vier Monaten erhielt Jack eine geheimnisvolle Nachricht: *Dein Bruder ist in Gefahr. Nur du kannst ihn retten.* So schnell er konnte, bewarb Jack sich bei der GGS und wurde ebenfalls Geheimagent. Seitdem hat er gegen einige der gefährlichsten Gegner gekämpft. Er hofft, eines Tages auf einer seiner Reisen seinen Bruder zu finden und ihn zu retten.

Ziel:

••• Frankreich •••

Frankreich liegt in Europa.

Paris ist die Hauptstadt von Frankreich.

In der Metropolregion leben über zwölf Millionen Menschen.

Eines der berühmtesten Museen der Welt befindet sich in Paris – der Louvre.

Frankreich ist Mitglied der Europäischen Union. Die geltende Währung heißt Euro.

Franzosen lieben ungewöhnliches Essen, zum Beispiel Schnecken. Auf Französisch heißen sie escargots (ausgesprochen: ess-kar-go).

Der Eiffelturm, eines der berühmtesten Wahrzeichen von Paris, ist 324 Meter hoch und war bis 1930 das größte Bauwerk der Welt.

Der Ärmelkanal ist ein Meeresarm des Atlantiks und trennt Nordfrankreich von England.

Wichtige Begriffe

für Geheimagenten in Frankreich

- **Herr**
  Monsieur
  (ausgesprochen:
  mon-sjö)

- **Hallo**
  Bonjour
  (ausgesprochen:
  bon-schur)

- **Tschüs**
  Au revoir
  (ausgesprochen:
  oh-rewoar)

- **Mein Name ist …**
  Je m'appelle …
  (ausgesprochen:
  sche-ma-päll)

- **Ja**
  Oui
  (ausgesprochen: *ui*)

- **Nein**
  Non
  (ausgesprochen: *no*)

Mona Lisa

Fakten und Zahlen

- Die *Mona Lisa* wurde von Leonardo da Vinci wahrscheinlich zwischen 1503 und 1506 gemalt und ist eines der berühmtesten Gemälde der Welt.
- Ursprünglich war das Bild größer als heute, aber irgendwann wurden die Seiten etwas abgeschnitten.
- Jedes Jahr besuchen Millionen Menschen den Louvre, wo das Gemälde ausgestellt wird.
- Am 21. August 1911 wurde die *Mona Lisa* von Vincenzo Peruggia gestohlen. Die Polizei brauchte zwei Jahre, um das Bild wiederzufinden.
- Das Gemälde ist 77 × 53 cm groß und hängt zum Schutz hinter Sicherheitsglas.

Plätze und Sehenswürdigkeiten in Paris

Arc de Triomphe (ausgesprochen *Ark de Triompf*)

Champs-Élysées (ausgesprochen *Schoms Elisee*)

Eiffelturm

Musée du Louvre (ausgesprochen *Müsee dü Lufre*)

Musée de l'Homme (ausgesprochen *Müsee de Lomm*)

Musée d'Orsay (ausgesprochen *Müsee Dorsäj*)

Place de la Concorde
(ausgesprochen *Plass de la Konkord*)

Centre Pompidou (ausgesprochen *Sontre Pompidu*)

Der Fluss Seine (ausgesprochen *Sähnn*)

Garten Tuileries (ausgesprochen *Tülerie*)

Bedienungsanleitung für Geheimagenten-Geräte

Magischer Schlüsselmacher: Eines der nützlichsten Geräte der GGS. Er eignet sich perfekt, um Schlösser zu öffnen. Du musst den langen Gummistab nur in das betreffende Schlüsselloch stecken. Der Gummi im Inneren schmilzt und wird dann hart. Nach ein paar Sekunden Wartezeit ist der Schlüssel fertig, und du kannst dir Zutritt verschaffen, wo immer du magst.

Aufwach-Creme: Wenn ein anderer Agent oder eine Kontaktperson ohnmächtig geworden ist, kannst du die Person mit der Aufwach-Creme wiederbeleben. Öffne die Tube, entnimm mit dem Finger etwas Creme und reibe sie dem Bewusstlosen unter die Nase. Die Creme-Dämpfe wirken innerhalb von Minuten.

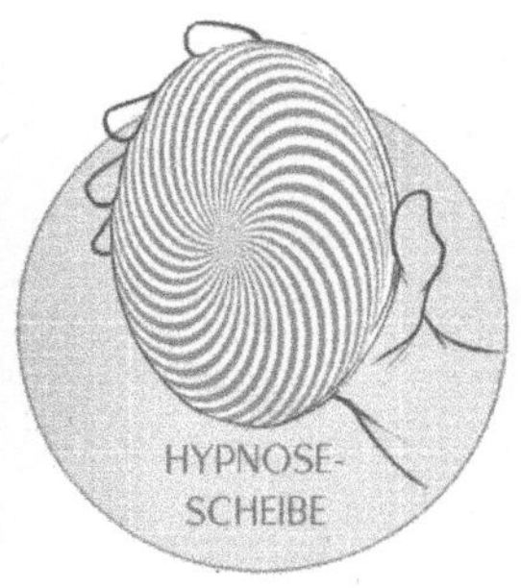

Hypnose-Scheibe: Eines der wichtigsten Geräte, das den Agenten der GGS zur Verfügung steht. Die Hypnose-Scheibe hat zwei Funktionen:

1. Deinen Gegner zu hypnotisieren
2. Dich vor tödlichen Strahlenfeldern zu schützen (Laser, Hypnoselicht, etc.)

Um die Scheibe zu aktivieren, musst du das Einstellrad auf der Rückseite im Uhrzeigersinn drehen. Dann beginnt die Scheibe zu kreisen, strahlt Hypnoselicht aus und lähmt deinen Gegner. Um dich selbst vor Strahlen zu schützen, die in deine Richtung kommen, drehe das Einstellrad auf der Rückseite gegen den Uhrzeigersinn. Die Scheibe dreht sich dann rückwärts, saugt alle tödlichen Strahlen auf und verschließt sie im Gerätegehäuse.

Kapitel 1
Die Frau, die verschwindet

Das Museum in Paris war schon einige Stunden geschlossen und das Reinigungspersonal von Bon Homme war fleißig am Saubermachen. Über hundert Reinigungskräfte wuselten durch das riesige Museum, wischten die Böden, staubten ab und achteten dabei darauf, die wertvollen Gemälde an den Wänden nicht zu berühren.

Ein Raum in dem Museum wird der *Mona Lisa*-Raum genannt, weil an einer Stellwand mitten im Zimmer das berühmteste Gemälde der Welt hängt.

Die *Mona Lisa* ist ein Bild von einer Frau in einem braunen Kleid, die geheimnisvoll lächelt. Es wurde vor über vierhundert Jahren von einem Maler namens Leonardo da Vinci gemalt. Es ist so wertvoll, dass das Museum einen Schutzrahmen aus kugelsicherem Glas anfertigen ließ, hinter dem das Gemälde hängt, um es vor jeglichem Schaden zu bewahren.

In dieser Nacht machte sich Hélène, eine der älteren Reinigungskräfte von Bon Homme, auf den Weg zum *Mona Lisa*-Raum. Wie immer betrat sie den Raum, nachdem ihr Assistent Jean Paul den Boden gewischt hatte. Sie ging zu dem Glaskasten mit der *Mona Lisa* und holte ein besonderes Staubtuch hervor. Sie hob den Arm und wollte über das Glas wischen. Aber etwas stimmte nicht. Die Glasscheibe war nicht mehr da.

Hélène blinzelte zweimal und stieß dann einen schrillen Schrei aus, der im ganzen Gebäude zu hören war. „Die *Mona Lisa* ist weg!", kreischte sie. „Das berühmteste Gemälde der Welt wurde aus dem Louvre gestohlen!"

Kapitel 2
Die magische Karte

In einem anderen Land saß der neunjährige Geheimagent Jack Stalwart in seinem Zimmer an seinem Schreibtisch und machte Hausaufgaben. Sein Kunstlehrer, Mr Yates, hatte den Schülern aufgegeben, ein Bild von ihrem liebsten Comic-Helden zu zeichnen. Jack hatte sich für Super Smash entschieden. Er war einer von vier Superhelden, die auf dem Planeten Grün lebten und gegen Tortua kämpften, die schlimmste Schurkin weit und breit. Jack liebte die Geschichten von Super Smashs Abenteuern und dachte gerade über die passende Szene für seine Zeichnung nach, da ertönte ein Klopfen aus der rechten Schublade seines Schreibtischs.

Verflixt!, dachte Jack. Er wusste, was das zu bedeuten hatte. Er blickte auf seine Telefunk-Uhr. Es war sieben Uhr abends. Vorsichtig öffnete er die Schublade und sah hinein. Da lag eine neue DVD. Die GGS schmuggelte öfter Dinge wie diese DVD in sein Zimmer, um ihn auf seine nächste Mission vorzubereiten. Die DVD hieß: *Da Vincis Meisterwerk – Die Mona Lisa*.

Jack nahm die DVD mit in die Ecke seines Zimmers, wo ein Fernseher stand, und schob sie in den DVD-Player. Sofort startete ein Filmbericht über die Geschichte des berühmten Gemäldes. Was Jack noch nicht wusste, verriet ihm die DVD. Als der Film fertig war, hatte Jack alle Informationen, die er benötigte. Er sah erneut auf die Telefunk-Uhr. Es war jetzt genau halb acht.

Wie erwartet erklang aus einer anderen Ecke seines Zimmers ein vertrautes Surren. Sein Mini-Globus, Whizzy, begann sich zu drehen. Jack eilte zu ihm. Der Globus drehte sich so schnell, dass Rauch aus Whizzys Ohren dampfte.

„Komm schon, Whizzy", spornte Jack ihn an. „Ich weiß, dass du es schaffst."

„Hrm!", hustete Whizzy. Aus seinem Mund flog ein Puzzlestück, das den Umriss eines Landes hatte. Es landete auf dem Boden neben Jacks Fuß. Whizzy stieß ein langes Stöhnen aus, während er langsam wieder zur Ruhe kam.

„Das ist ganz schön groß“, bemerkte Jack und hob das Puzzleteil auf. „Und da ich eben die DVD angeschaut habe, weiß ich auch, wohin ich heute Abend noch reisen werde.“

Jack trug das Puzzlestück zu der großen Weltkarte, die an der Wand hing. Sie sah wie eine ganz normale Karte aus, aber in Wahrheit war es eine Magische Karte der GGS. Sie konnte Jack an jeden Ort der Welt transportieren, wo er dann gegen Bösewichte und für Gerechtigkeit kämpfte.

Er hob das Puzzlestück hoch und hielt es vor die Karte. Langsam näherte sich seine Hand der Mitte Europas, und das Puzzleteil glitt in die passende Lücke. Jack trat zurück und betrachtete die Karte. Der Name FRANKREICH blitzte kurz auf.

„Frankreich!", sagte Jack. „Ich wusste, dass es Frankreich ist! Ich kann kaum erwarten, dass es losgeht."

Jack drückte auf den C-Knopf an seiner Uhr. Sofort erschien der Code des Tages auf dem kleinen Bildschirm. Er rannte zu seinem Bett und bückte sich, um den

Geheimagenten-Rucksack hervorzuziehen. Dann gab er den Code in seine Uhr ein – K-Ä-S-E – und öffnete den Reißverschluss des Rucksacks. Er sah hinein, um sicherzugehen, dass alle Geheimagenten-Geräte da waren, die er benötigen würde.

Magischer Schlüsselmacher. Da. Magische Klappleiter. Da. Tintenschmelzstift. Da. Jack verschloss den Rucksack wieder und drehte sich zu Whizzy um. „Ich bin bereit", sagte er.

Jack stellte sich dicht vor die Wand mit der Karte. Ein warmes gelbes Licht leuchtete aus dem Frankreich-Puzzleteil. Der Schimmer wurde heller und heller, bis Jacks Zimmer in gleißendes Licht getaucht war.

„Auf nach Frankreich!", rief er. Bei diesen Worten explodierte das Licht und saugte Jack in die Magische Karte.

Kapitel 3
Das Museum aus Glas

Bei seiner Ankunft bemerkte Jack zwei Dinge. Erstens war es Morgen und nicht mehr Abend. Zweitens stand er mitten in einer großen Pyramide aus Glas. Einen Moment lang überlegte er, ob ihn die Karte an den falschen Ort gebracht hatte.

„Bin ich in Ägypten?", wunderte er sich laut.

„Nein. Ich kann dir versichern, dass du nicht in Ägypten bist", hörte er eine Stimme hinter sich. „Du bist in Paris, der Hauptstadt von Frankreich. Ich bin Hauptkommissar

Henri Pierre. Und du musst Jack sein“, sagte der Mann und streckte die Hand aus. „Die GGS meinte, sie würden den Besten schicken.“

Hauptkommissar Henri Pierre war ein großer Mann mit dickem Bauch, der aussah, als hätte er zu viel Pudding gegessen. Wenn er lächelte, strahlten seine Augen und sein Schnurrbart wackelte. Obwohl sein Haar schon etwas dünn wurde, sah Henri Pierre für einen Hauptkommissar noch sehr jung aus.

„Freut mich, Sie kennenzulernen, Hauptkommissar“, sagte Jack und zeigte ihm seinen Agentenausweis.

„Du kannst mich Henri nennen“, entgegnete der Hauptkommissar.

„Also dann, Henri. Was genau ist das Problem?“, fragte Jack neugierig darauf, welche Mission ihn erwarten würde.

„Du befindest dich mitten im Louvre, einem weltberühmten Museum“, erklärte Henri. „Hier werden einige der seltensten und wertvollsten Kunstwerke ausgestellt. Letzte Nacht wurde eines unserer wichtigsten Bilder, die *Mona Lisa*, direkt vor unserer

Nase gestohlen. Wir vermuten, dass es zwischen der Schließung um 18 Uhr und 20 Uhr passiert sein muss, denn zu diesem Zeitpunkt hat eine unserer Reinigungskräfte bemerkt, dass das Gemälde weg ist."

„Das verstehe ich nicht", sagte Jack. „Hat die Video-Überwachung den Dieb nicht gefilmt?"

„Nein", antwortete Henri. „Es ist sehr merkwürdig. Es gibt keine Aufzeichnung von Personen, die in den Raum rein- oder aus dem Raum rausgegangen sind, bevor das Reinigungspersonal kam. Aus diesem Grund haben wir die GGS gerufen. Wir brauchen die besonderen Fähigkeiten eines Geheimagenten, um die *Mona Lisa* zu finden und Licht in dieses Chaos zu bringen."

„Kein Problem, Henri", sagte Jack. „Ich bin mir sicher, dass ich die *Mona Lisa* finden und ins Museum zurückbringen werde.

Zunächst möchte ich aber den Raum sehen, aus dem das Gemälde gestohlen wurde. Dann möchte ich die Dame sprechen, die den Diebstahl bemerkt hat. Sie kann vielleicht ein paar Hinweise liefern, die bei den Ermittlungen helfen."

„Ich stimme dir zu", sagte der Hauptkommissar. „Also eins nach dem anderen", fuhr er fort. „Folge mir zum *Mona Lisa*-Raum."

Kapitel 4
Die Ermittlung

Jack folgte Henri durch die Museumsräume, vorbei an den erstaunlichsten Kunstwerken, die Jack je gesehen hatte.

Jack wusste, dass der Louvre neben der *Mona Lisa* auch für seine Kunstsammlung aus dem Alten Ägypten und Griechenland berühmt war.

Mr Yates sprach im Kunstunterricht oft vom Louvre und hatte sogar versprochen, eines Tages mit Jacks Klasse einen Ausflug dorthin zu unternehmen. Jack lief durch einen Saal mit Skulpturen, dann betrat er einen Raum, in dessen Mitte eine einsame Wand stand.

Henri zeigte darauf. „Da hängt die Dame normalerweise“, sagte er und meinte damit die *Mona Lisa*. „Wie du siehst, ist es dem Dieb nicht nur gelungen, an unseren Sicherheitsvorkehrungen vorbeizukommen, sondern er hat auch den kugelsicheren Glasrahmen aufgeschnitten, der das Bild schützte.“

Jack trat zu der Wand und betrachtete, was noch übrig war. In der Wand steckte noch der Haken, an dem das Gemälde aufgehängt war. Und ein Teil des Glasrahmens war auch noch da. Etwas machte Jack stutzig. Mit was auch immer das Glas aufgeschnitten worden war, es hatte einen glatten Schnitt hinterlassen. Wenn Glas geknackt wurde, gab es normalerweise Risse und scharfe Zacken am Rand. Aber als Jack mit dem Finger über den Glasrand fuhr, fühlte sich die Oberfläche wunderbar glatt an.

„Das einzige Gerät, das einen so glatten Schnitt machen kann, ist ein Laser“, sagte Jack zu Henri.

„Ein Laser“, sagte Henri überrascht. „Das ist eine interessante Vermutung.“

„Soweit ich es beurteilen kann, scheint sich hier keine Laser-Ausrüstung mehr zu befinden“, sagte Jack und blickte sich dabei im Raum um. „Was ist mit Fingerabdrücken?“, fragte er weiter.

„Wir haben schon alles eingestäubt und auf Fingerabdrücke untersucht“, sagte der Hauptkommissar. „Gleich nachdem wir erfahren haben, dass die *Mona Lisa* vermisst wird, habe ich ein Team der Spurensicherung hergeschickt. Meine Leute haben die Wände, die Geländer und den Glaskasten überprüft. Als ich erfahren habe, dass du auf dem Weg zu uns bist, habe ich das Team gebeten, sich zurückzuziehen, bis du mit deiner Untersuchung fertig bist. Das Einzige, was sie noch nicht unter die Lupe genommen haben, ist der Fußboden."

Jack kniete sich auf den Boden und suchte dort nach Hinweisen. Direkt vor ihm entdeckte er ein einzelnes rotes Haar. Da es unverkennbar rot war, hatte er es gar nicht übersehen können. Er hob es auf und betrachtete es genauer.

Da er wusste, dass Henris Leute bereits den Raum auf Fingerabdrücke untersucht hatten, wandte er sich an den Hauptkommissar.

„Hat jemand im Team rote Haare?", fragte er und zeigte Henri das feuerrote Haar. Er wollte ausschließen, dass einer von der Spurensicherung das Haar verloren hatte.

„Nein“, antwortete Henri. „Niemand hat rote Haare.“

Nach dieser Information war Jack klar, dass das Haar entweder der Putzfrau gehören musste oder dem Dieb.

Jack hockte sich hin und öffnete seinen Rucksack. Er holte ein Kästchen mit einem silberfarbenen Digital-Display heraus. Das war der DNA-Decoder der GGS. Da jeder Mensch auf der Welt eine andere DNA hat – in ihr sind die Erbinformationen eines Menschen gespeichert, die dem Körper beispielsweise sagen, wie er auszusehen hat –, entwickelte die GGS den DNA-Decoder. Dieses Gerät kann anhand eines einzelnen Haares herausfinden, wem es gehört.

„Stört es, wenn ich das hier kurz untersuche?“, fragte Jack mit dem Haar in der Hand.

„Aber nein“, erwiderte der Hauptkommissar. „Nur zu.“

Jack öffnete den DNA-Decoder und legte das Haar hinein. Dann schloss er das Kästchen und drückte auf den Entschlüsse-

lungsknopf. Das Ergebnis erschien sofort: UNBEKANNT.

Na toll, dachte Jack und schüttelte enttäuscht den Kopf. Wenn das wirklich ein Haar des Diebes war, dann war dieser ein bisher unbekannter Täter.

„Also dann“, sagte Jack und packte das Beweismittel und seine Sachen zusammen, „ich denke, ich sollte mich jetzt mit der Reinigungskraft unterhalten.“

„Natürlich“, sagte Henri. „Ihr Name ist Hélène. Sie wartet unten auf ihre Befragung. Ich zeige dir den Weg.“

Kapitel 5
Das Verhör

Jack folgte Henri zwei Stockwerke nach unten zu einem kleinen Zimmer. Dort wartete eine Frau mit braunen Haaren und einer blau-weiß gestreiften Putzschürze. Sie saß auf einem Stuhl neben einem Tisch. In Jacks Augen sah sie wie eine ehrliche Frau aus, aber wissen konnte man das nie. Die ganze Sache schien sie fürchterlich aufzuregen, denn sie weinte und wischte sich ständig die Tränen aus den Augen.

„Bonjour", sagte Jack und schloss die Tür hinter sich. „Je m'appelle Jack Stalwart."

„Hallo“, erwiderte die Frau. Sie hatte bemerkt, dass Jack nicht aus Frankreich stammte und sprach ihn in seiner Sprache an. „Ich heiße Hélène“, sagte sie.

„Ich komme im Auftrag der Globalen Geheimen Sicherheitskräfte“, erklärte Jack. „Ich versuche herauszufinden, wer die *Mona Lisa* gestohlen hat. Wie Sie wissen, ist das ein schweres Verbrechen und alle, die darin verwickelt sind, sind verdächtig.“

Hélène wischte sich die Tränen ab und sah ihn verängstigt an.

„Können Sie mir sagen, was genau Sie gemacht haben, als Sie das Fehlen des Gemäldes bemerkten, und was genau Sie gesehen haben."

Hélène dachte einen Augenblick nach. „Also", begann sie, „wie ich Hauptkommissar Pierre bereits sagte, war ich auf dem Weg in den *Mona Lisa*-Raum, da lief mir mein Gehilfe Jean Paul entgegen. Ich habe mir nichts dabei gedacht, denn Jean Paul ist meistens hektisch und nervös. Dann betrat ich den Raum und ging zu dem Sicherheitsglas, um die Scheibe zu wischen, und da bemerkte ich, dass sie nicht mehr da war."

„Was war nicht mehr da?", fragte Jack, weil er sichergehen wollte, dass er ihre Geschichte auch richtig verstand.

„Die *Mona Lisa*", antwortete die Frau.

„Und der Glasrahmen auch nicht. Also zumindest teilweise."

„Haben Sie etwas angefasst?", fragte Jack.

„Nein", sagte sie. „Ich bin sofort losgelaufen, um den Sicherheitsleuten den Diebstahl zu melden."

„Was ist mit Jean Paul?", fragte Jack. „Hat er irgendetwas zu Ihnen gesagt?" Er grübelte darüber nach, ob vielleicht Jean Paul etwas mit dem Verbrechen zu tun hatte.

„Kein Wort", sagte sie schniefend und wischte sich über die Augen.

„Welche Haarfarbe hat Jean Paul?", wollte Jack wissen.

„Braun", sagte Hélène. „Aber im Licht sieht es manchmal etwas rötlich aus."

Interessant, dachte Jack und warf Henri einen Blick zu. Ob das Haar, das er gefunden hatte, Jean Paul gehörte?

„Ich denke, ich sollte mit Jean Paul sprechen“, sagte Jack. Er schloss Hélène als Verdächtige inzwischen aus. „Wissen Sie, wo er wohnt?“

„Er wohnt in der Nähe des Eiffelturms in der Rue St-Charles“, erklärte Hélène. „In dem Haus rechts neben dem Friseursalon.“

„Danke“, sagte Jack. „Melden Sie sich bei Hauptkommissar Pierre, falls Ihnen noch etwas einfällt.“

Hélène nickte und verließ immer noch schluchzend den Raum.

Jack durchwühlte seinen Rucksack und holte einen Stadtplan von Paris hervor. Der Eiffelturm und die Rue St-Charles waren nicht weit vom Museum entfernt.

„Rue St-Charles, ich komme“, sagte er zu sich selbst auf dem Weg zur Tür. „Mal sehen, ob dieser Jean Paul irgendwelche Hinweise zu diesem Verbrechen liefern kann.“

Kapitel 6
Die Verfolgungsjagd

Jack schritt durch die großen Tore des Museums und landete auf einem Platz mit einem riesigen Brunnen und vielen hübschen Blumen. An einem Wasserbecken etwas weiter weg saßen Leute auf Liegestühlen, Bäume und Büsche wuchsen ringsum. Er sah auf den Stadtplan. Anscheinend lag vor ihm ein Garten, der Tuileries genannt wurde.

Er wandte sich nach links und lief durch den Park zum Fluss, der Seine hieß. Der Fluss floss laut Jacks Plan mitten durch

die Stadt. Jack ging über eine Brücke und dann nach rechts am Flussufer entlang. Flussaufwärts konnte er den Eiffelturm sehen, ein mächtiges Eisengerüst, das sich in den Himmel streckte. Oben auf der Spitze befand sich eine Antenne, die Signale ins ganze Land ausstrahlte.

Jack lief am Eiffelturm vorbei in die Rue St-Charles. An der Ecke war der Friseursalon, von dem Hélène gesprochen hatte.

Vor dem Haus blieb er stehen und klopfte an die Tür.

Es kam keine Antwort. Er klopfte noch einmal, etwas fester.

„Bonjour", ertönte eine schüchterne männliche Stimme auf der anderen Seite.

„Bonjour", sagte Jack. „Mein Name ist Jack Stalwart, ich suche Jean Paul. Ist er da?"

Plötzlich hörte Jack ein Scheppern und

Schritte, die sich schnell von der Tür entfernten. Dann hörte er einen dumpfen Schlag und schließlich herrschte Stille.

„Jean Paul, sind Sie das? Alles in Ordnung?“, rief Jack. Aber es kam keine Antwort.

Jack versuchte, die Tür zu öffnen. Er hatte Glück, sie war nicht verschlossen. Er betrat das Haus und sah sich um. Durch ein geöffnetes Fenster rechts von ihm hörte er jemanden die

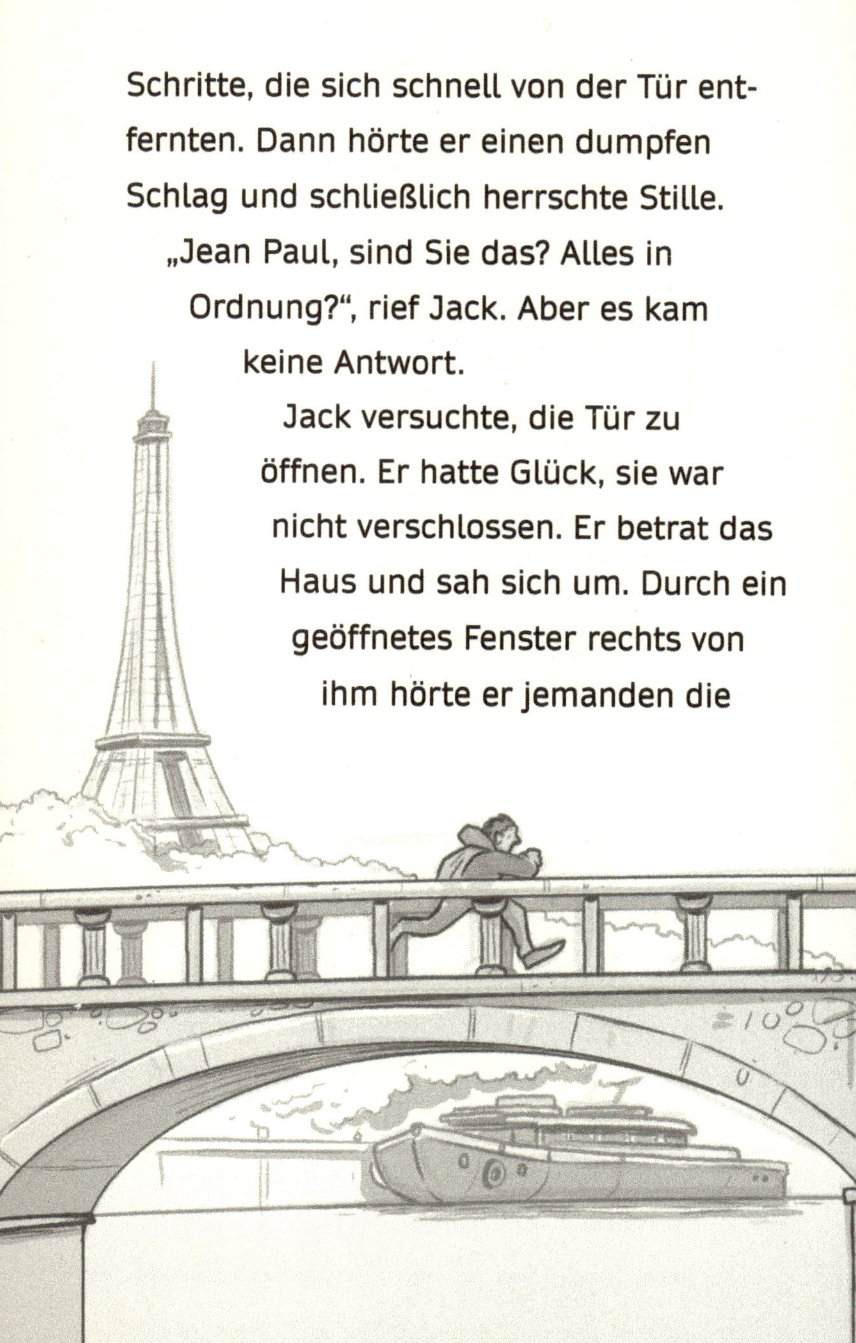

Straße entlangrennen. Er eilte zum Fenster und sah hinaus.

„Jean Paul!“, rief Jack dem Mann nach, der überstürzt davonlief. Der Mann schien rotbraune Haare zu haben. „Ich will Ihnen nur ein paar Fragen stellen!“

Aber der Mann rannte weiter. Jack stürmte zum Eingang und zurück auf die Straße, dann sprintete er dem Mann nach.

Der Mann lief so schnell und machte so große Schritte, dass Jack

kaum hinterherkam. Er verfolgte ihn am Eiffelturm vorbei und über eine Brücke. Dann eilte der Mann zum Place de la Concorde und bog rechts in eine schmale Straße ab. Er rannte am Postamt, einem Supermarkt und einer Bäckerei vorbei und bog dann wieder nach rechts ab.

„Warten Sie!", keuchte Jack. „Ich möchte nur mit Ihnen reden!"

Schließlich endete die Straße, in die der Mann eingebogen war, in einer Sackgasse. Er war gefangen und konnte nirgendwohin fliehen. Mit Angst in den Augen drehte er sich zu Jack um.

„Ich war es nicht! Ich war es nicht!", stieß er keuchend hervor und versuchte wieder zu Atem zu kommen.

„Was meinen Sie?", fragte Jack.

„Ich habe die *Mona Lisa* nicht gestohlen", antwortete der Mann.

„Warum laufen Sie dann weg, wenn Sie es nicht gewesen sind?“, fragte Jack und versperrte ihm den Weg.

„Weil ich etwas gesehen habe“, erwiderte der Mann. „Und jetzt habe ich Angst. Angst um mein Leben.“

Kapitel 7
Das Geständnis

„Schon gut“, versuchte Jack den Mann zu beruhigen. „Wenn Sie mir erzählen, was Sie gesehen haben, kann ich Ihnen vielleicht helfen.“ Jack war sich nicht sicher, ob er Jean Paul trauen konnte, aber erst einmal wollte er ihm die Chance geben, alles zu erklären.

Der Mann ließ sich auf eine schmutzige Bank neben einer überquellenden Mülltonne sinken, stützte den Kopf in die Hände und verbarg sein Gesicht.

„Mein Name ist Jean Paul“, sagte er und

blickte wieder auf. „Ich arbeite als Reinigungskraft für Bon Homme. Ich bin Hélènes Assistent. Wir sind für den *Mona Lisa*-Raum verantwortlich. Gestern Abend“, fuhr Jean Paul fort, „bin ich, nachdem ich die anderen Böden gewischt hatte, zurück zu dem Raum gegangen, weil ich dort einen Eimer vergessen hatte. Vor der *Mona Lisa* stand ein Mann. Ich habe mich hinter den Türrahmen geduckt und vorsichtig um die Ecke gelugt.

Hélène und ich sind die Einzigen, die den Raum nach der Schließzeit des Museums betreten dürfen. Mir kam es komisch vor, dass der Mann dort war." Er hielt kurz inne, dann fuhr er fort. „Er zog einen schwarzen Handschuh über seine rechte Hand. Dann, wie aus dem Nichts, schossen fünf dünne rote Lichtstrahlen aus seinen Fingerspitzen. Er fuhr mit der Hand an den Rändern des Glasrahmens entlang, der die *Mona Lisa* schützt, und die Strahlen durchschnitten das Glas, als wäre es Weichkäse! Ich hatte plötzlich

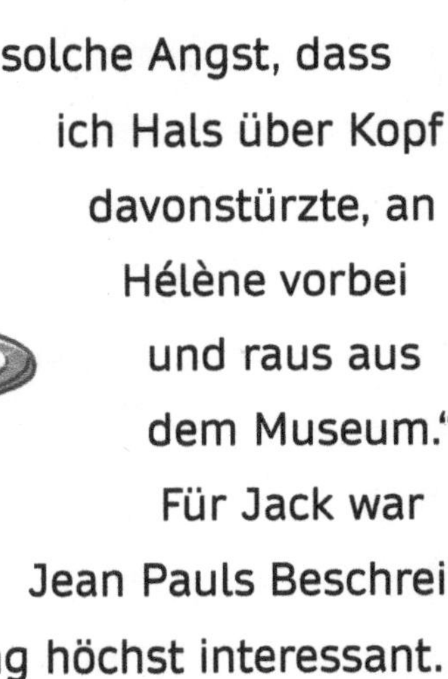

solche Angst, dass ich Hals über Kopf davonstürzte, an Hélène vorbei und raus aus dem Museum.“

Für Jack war Jean Pauls Beschreibung höchst interessant. Sie schien zu bestätigen, was er bereits vermutet hatte, nämlich dass das Glas mit einem Laser aufgeschnitten worden war. Vielleicht sagte der Mann die Wahrheit.

„Warum haben Sie nicht die Polizei gerufen?“, fragte Jack.

„Ich war in Panik“, sagte Jean Paul seufzend. „Ich dachte, niemand würde mir glauben. Und selbst wenn, ich wollte nicht, dass der Dieb erfährt, dass ich ihn beobachtet habe. Denn dann will er mich vielleicht aus dem Weg räumen."

„Können Sie mir etwas Genaueres über den Mann sagen?", fragte Jack.

„Er war ganz in Schwarz gekleidet", antwortete Jean Paul. „Seine Hose war schwarz, sein Hemd war schwarz und seine Schuhe auch. Sein Gesicht habe ich nicht gesehen, weil er mir den Rücken zugewandt hat, aber seine Haare waren feuerrot."

„Er hatte rote Haare?", wiederholte Jack. Das passte ja zu dem Haar, das Jack auf dem Boden gefunden hatte.

„Ja", sagte Jean Paul. „Leuchtend rot – fast wie die Clowns im Zirkus. Unverwechselbar", murmelte er und blickte nachdenklich zum blauen Himmel hoch.

„Gut", sagte Jack, „Sie haben mir sehr geholfen. Ich muss nur noch eine winzige Kleinigkeit überprüfen, um Sie als Verdächtigen auszuschließen. Dürfte ich eines Ihrer Haare haben?“

Jean Paul sah ihn verwirrt an. „Ich denke schon“, antwortete er und riss sich ein Haar vom Kopf.

Jack holte den DNA-Decoder aus dem Agenten-Rucksack. Er öffnete das Kästchen und legte Jean Pauls Haar neben das, das er im *Mona Lisa*-Raum gefunden hatte. Dann klappte er den Decoder wieder zu und drückte auf ABGLEICH. In wenigen Sekunden würde ihm das Gerät verraten, ob das Haar aus dem Museum und das von Jean Paul von derselben Person stammten.

Als die Worte KEINE ÜBEREINSTIMMUNG erschienen, drehte er sich wieder zu Jean Paul um.

„Vielen Dank für Ihre Hilfe“, sagte er. „Sie sind nicht länger verdächtig. Ich sage Hauptkommissar Pierre, dass ich mit Ihnen gesprochen habe. Dürfen wir Sie bei weiteren Fragen kontaktieren?“

„Natürlich“, sagte Jean Paul. „Darf ich jetzt nach Hause gehen?“

„Ja, sicher“, sagte Jack und winkte zum Abschied, als der Mann aufstand und ging.

Jack dachte über das nach, was Jean Paul ihm erzählt hatte. Der Mann, der das Gemälde gestohlen hatte, war an den Sicherheitsleuten des Louvre vorbeigekommen, ohne bemerkt zu werden. Aber was noch viel bemerkenswerter war, der Dieb besaß einen Handschuh mit eingebautem Laser. Nur wenige Verbrecher hatten solche technisch ausgefeilten Hilfsmittel.

Jack beschloss, dass es an der Zeit war, den Chef der Sicherheitsfirma zu treffen, die für den Louvre verantwortlich war. Dann würde er hoffentlich noch besser verstehen, was gestern im Museum geschehen war. Er rief Hauptkommissar Pierre an, der ihm berichtete, dass der Chef der Pariser Sicherheitsfirma Denis Dupré hieß und der Hauptsitz der Firma auf der Champs Elysées war.

Jack sah auf den Stadtplan und lief los, den Kopf voller Fragen. Er hoffte, dass ihm nach dem Gespräch mit Denis Dupré einiges klarer werden würde und er der Lösung um das rätselhafte Verschwinden der *Mona Lisa* näher kam.

Kapitel 8
Das große Tier

Die Champs-Élysées ist eine beliebte Straße in Paris, die zu einem der Wahrzeichen der Stadt führt, dem Arc de Triomphe. Jack hatte den riesigen Torbogen aus Stein bei seiner Jagd nach Jean Pierre bereits gesehen. Jetzt lief er zu dem Gebäude, in dem der Hauptsitz der Pariser Sicherheitsfirma war, und betrat die große Empfangshalle.

Hinter dem Empfangstresen saß eine junge Frau mit kurzen schwarzen Haaren und einem Nasenring. Sie kaute so laut

Kaugummi, dass Jack das Zerplatzen der Kaugummiblasen durch die ganze Halle hörte.

„Hallo“, sagte Jack zu ihr. „Ich möchte zu Denis Dupré.“

Sie starrte Jack einen Augenblick an und blies den Kaugummi zu einer Blase auf, die größer war als alle Kaugummiblasen, die Jack je zuvor gesehen hatte. Sie wuchs, bis sie ihr ganzes Gesicht verdeckte, dann platzte sie mit einem lauten *Plopp*!

„Hast du einen Termin?“, fragte sie und schob mit der Zunge die platte Blase zurück in ihren Mund.

Jack fragte sich, ob sie sich immer so verhielt. „Nein, aber ich ermittle im Auftrag von Hauptkommissar Pierre im Fall der *Mona Lisa*“, erklärte Jack. „Ich hoffe, dass Monsieur Dupré Zeit für mich hat.“

Sie nahm den Telefonhörer ab und wählte eine Nummer. „Hier ist jemand, der Sie wegen der *Mona Lisa* sprechen will“, sagte sie. Es gab eine Pause. Sie betrachtete Jack.

„Er wird dich empfangen“, sagte sie, legte auf und kaute wieder auf ihrem Kaugummi. „Fahr mit dem Lift in den dritten Stock, sein Büro ist den Gang runter.“

Jack fuhr nach oben und ging zu Monsieur Duprés Büro. Es war nicht schwer zu finden, denn das Büro nahm fast das ganze Stockwerk ein. Jack klopfte.

„Was willst du?“, rief eine dröhnende Stimme.

Jack öffnete die große Flügeltür. Monsieur Dupré aß gerade sein Mittagessen – ein gegrilltes Hähnchen. Er war ein sehr dicker Mann und fast so breit wie der Schreibtisch, hinter dem er saß. Seine Finger waren fettig von dem Hähnchen und auch sein Gesicht war vom Essen verschmiert.

„Hallo“, sagte Jack, aber er streckte ihm dabei nicht die Hand entgegen, um nicht mit dem Fett in Berührung zu kommen. „Ich ermittle im Fall der verschwundenen *Mona Lisa*. Da Ihre Firma für den Sicherheitsdienst im Louvre zuständig ist, wollte ich mit Ihnen sprechen.“

„Worüber denn?“, bellte Monsieur Dupré.

„Nun, ich wüsste gern mehr über Ihre Firma und wer am Abend des Diebstahls im Museum gearbeitet hat“, erklärte Jack.

„Die Polizei hat schon mit uns geredet“, sagte Monsieur Dupré. Er brach ein Hühnerbein ab und Fleischstückchen flogen durch das Zimmer. „Warum sollte ich mit *dir* sprechen?“

„Ich arbeite im Auftrag der Polizei und ermittle zusätzlich. Es wäre sehr freundlich, wenn Sie meine Fragen beantworten würden“, antwortete Jack höflich. „Hauptkommissar Pierre meinte, dass Sie mir behilflich sein würden.“ Er zwang sich zu lächeln.

Monsieur Dupré stöhnte verärgert, weil Jack ihn beim Mittagessen störte. „Also, Junge. Wir sind die größte Sicherheitsfirma in ganz Paris. Wir haben uns auf die Sicherheit einiger der größten Museen spezialisiert. Wir kümmern uns um den Louvre, das Musée d'Orsay und das Centre Pompidou. Unsere Sicherheitsleute sind gut ausgebildet und vertrauenswürdig. Es ist schrecklich, dass die *Mona Lisa* gestohlen wurde, aber ich kann dir versichern, dass wir nichts damit zu tun haben."

„Das kann sein", meinte Jack. „Aber vielleicht weiß einer Ihrer Mitarbeiter etwas."

„Blödsinn! Ich bin Denis Dupré, Eigentümer dieser Firma", brüllte er und hieb mit seinen fettigen Fäusten auf die Tischplatte. „Bei mir arbeiten keine Verbrecher!"

Jack konnte nachvollziehen, dass Monsieur Dupré etwas empfindlich war, schließlich beschuldigte ihn inzwischen die halbe Welt, dass seine Firma nicht entsprechend auf die *Mona Lisa* aufgepasst hatte. Aber Jack musste mit den Mitarbeitern von Monsieur Dupré sprechen, um herauszufinden, ob sie etwas wussten oder beobachtet hatten. Er würde nicht aufgeben, nur weil der Chef einen Wutanfall hatte.

„Ich behaupte ja nicht, dass Ihre Firma

keinen guten Ruf hat“, beschwichtigte Jack. „Aber es könnte hilfreich sein, mit dem Sicherheitsmann zu reden, der gestern Abend Dienst hatte.“

„Er steht nicht zur Verfügung“, knurrte Monsieur Dupré. „Gestern Abend wurde er so lange befragt, dass ich ihm heute frei gegeben habe.“

„Leider muss ich trotzdem heute noch mit ihm sprechen“, sagte Jack. „Könnten Sie ihn bitten, mich so bald wie möglich anzurufen? Er kann mich über das Büro von Hauptkommissar Pierre erreichen. Ich bin sicher, dass Sie verstehen, wie wichtig es ist, diesen Fall so schnell wie möglich aufzuklären.“

„Ja. In Ordnung“, sagte Monsieur Dupré etwas ruhiger.

„Vielen Dank, dass Sie sich Zeit für mich genommen haben“, sagte Jack auf dem Weg zur Tür. Gerade als er den Raum verlassen wollte, fiel ihm etwas ins Auge. Eine Reihe von Fotos hingen an der Wand. Auf einem war ein Mann mit leuchtend roten Haaren zu sehen.

Das ist ja ein merkwürdiger Zufall, dachte Jack. In seinem Kopf wirbelten die Gedanken. „Entschuldigung", sagte er zu Monsieur Dupré und deutete auf den rothaarigen Mann. „Wer ist dieser Herr?"

„Das ist Carl Ponte“, sagte Monsieur Dupré und räusperte sich.

„Hat er gestern im Louvre gearbeitet?“, fragte Jack.

„Das hat er tatsächlich“, sagte Monsieur Dupré. „Er hat die Kunstwerke aus dem Alten Ägypten bewacht. Carl ist ein hervorragender Wachmann. Er ist noch recht neu bei uns und auf die Videoüberwachung spezialisiert. Im Moment ist er im Musée d'Orsay. Nach dem, was gestern Abend passiert ist, soll er dort die Sicherheitssysteme überprüfen.“

„Das ist vermutlich eine gute Idee“, stimmte Jack zu. Er überlegte, ob es mehr als ein Zufall sein konnte, dass Carl gestern im Louvre gearbeitet hatte. „Vielen Dank für Ihre Hilfe.“ Er öffnete die Bürotür und machte sich eilig auf den Weg. „Au revoir!“

Während er auf den Aufzug wartete, dachte er über das nach, was er von Monsieur Dupré erfahren hatte. Wenn Jacks Vermutung richtig war, dann hatte dieser Sicherheitsmann namens Carl wahrscheinlich etwas mit dem Diebstahl zu tun. Aber ohne stichfeste Beweise konnte er nicht verhaftet werden. Er musste mit Carl sprechen und herausfinden, ob seine Theorie stimmte.

Jack faltete den Stadtplan auseinander und fand das Musée d'Orsay. Er hatte keine Zeit, zu Fuß zu gehen. Er brauchte ein Taxi. Jack rannte aus dem Gebäude auf die Straße. Mit ausgestrecktem Arm hielt er das erstbeste Taxi an.

„Ich muss zum Musée d'Orsay – und zwar schnell!“, sagte Jack zu dem Taxifahrer, während er einstieg.

„Oui!“, antwortete der Mann, drückte auf das Gaspedal und schon sausten sie die Champs-Élysées entlang.

Kapitel 9
Der rothaarige Mann

Es dauerte nur wenige Minuten, dann hielt das Taxi vor dem Musée d'Orsay, einem ehemaligen Bahnhof in der Nähe des Flusses. Jack sprang aus dem Wagen und rannte in das Gebäude. In der Eingangshalle standen einige Sicherheitsleute herum und unterhielten sich. Einer drehte sich zu ihm um.

„Das Museum hat heute geschlossen, junger Mann", sagte er.

„Ich weiß", erwiderte Jack und zeigte ihm seinen GGS-Ausweis. „Ich möchte mit einem der Wachmänner sprechen. Können Sie mir sagen, wo ich Carl Ponte finde?", fragte er.

„Natürlich", mischte sich ein anderer Wachmann ein. „Er ist im Monet-Raum und testet die Videoüberwachung. Ist ein berühmter Maler, dieser Monet", fuhr er fort. „In dem Raum hängen viele seiner Gemälde. Sie sind sehr wertvoll, deshalb ist Carl –"

„Danke", unterbrach Jack den Mann. „Wo ist der Monet-Raum?"

„Ganz oben", erklärte der Wachmann. „Dahinten ist der Aufzug."

Jack bedankte sich schnell und eilte weiter durch die Halle. Mit dem Lift fuhr er ins oberste Stockwerk und folgte dann der Beschilderung zum Monet-Raum. Er bog um eine Ecke und wollte gerade den Raum betreten, als er plötzlich eine Bewegung wahrnahm.

Jack linste um die Ecke. Ein großer Mann in schwarzer Uniform und mit roten Haaren stand vor einem der Bilder. Es war ein wunderschönes Bild von einem Feld voll mit roten Blumen. Jack beobachtete, wie der Mann die Hände rechts und links neben dem Gemälde platzierte und es vorsichtig von der Wand hob. Dann stellte er es auf dem Boden ab. Der Mann sah über seine Schulter, ob jemand in der Nähe war. Jack bemerkte er nicht. Behutsam wickelte er das Gemälde in braunes Papier.

Als Nächstes holte der Mann ein kleines Kästchen aus seiner Tasche und warf es auf den Boden. Das Kästchen klappte auf und wurde dreimal so groß. Das Gemälde passte nun genau hinein. Der Mann verstaute das Bild in der Kiste und klebte einen Aufkleber darauf: HIGH-TECH-SICHERHEITSAUSRÜSTUNG. Dann stieg er auf eine

Leiter neben der Videokamera und verband einige lose herabhängende Kabel miteinander.

Zurück auf dem Boden griff er nach dem Funkgerät, das an seinem Gürtel hing.

„Philippe, hier ist Carl. Ich habe die Kamera im Monet-Raum neu eingestellt, die Aufnahmen sollten jetzt nicht mehr flimmern."

„Er will das Gemälde vor aller Augen stehlen", begriff Jack.

„Halt!", sagte er, betrat den Raum und hielt seinen Ausweis hoch. „Im Namen der Globalen Geheimen Sicherheitskräfte befehle ich Ihnen, sich zu ergeben und das Gemälde an seinen rechtmäßigen Platz zurückzuhängen."

„Ja, klar, Junge", höhnte der Mann und rannte mit der Kiste aus dem Raum.

„Diebstahl!", schrie Jack und sprintete

dem Mann hinterher. „Carl Ponte versucht ein Bild von Monet zu stehlen!“

Der rothaarige Mann eilte den Flur entlang und dann eine Treppe hinunter. Jack rannte, so schnell er konnte, aber der Mann war noch schneller. Gleich würde er entkommen.

„Er rennt zum Ausgang!“, rief Jack auf der Treppe zum Erdgeschoss. „Haltet ihn auf!“, schrie er den Sicherheitskräften zu. Aber die waren so in ihre Gespräche vertieft, dass sie nicht gleich begriffen, was Jack sagte. Der Dieb raste an den Wachmännern vorbei und stieß dabei einen von ihnen zu Boden.

„Jemand muss ihn aufhalten!“, schrie Jack erneut und rannte aus der Tür. Endlich verstanden die anderen Wachmänner und kamen ihm nach.

Carl Ponte stürmte durch die Leute vor

dem Museum zur Straße. Dort wartete ein weißer Lieferwagen mit der Aufschrift: KANALFÄHRE. Die Beifahrertür flog auf und der Dieb sprang hinein. Der Fahrer drückte aufs Gaspedal und der Lieferwagen schoss los, als Jack gerade die Bordsteinkante erreichte.

Außer Atem sah Jack dem Wagen nach und versuchte das Nummernschild zu erkennen. Er erkannte zwei Zahlen und

einen Buchstaben, 82 W. Mehr konnte er nicht entziffern, weil der Lieferwagen so schnell fuhr.

„Kanalfähre?“, sagte einer der Sicherheitsmänner, der Jack inzwischen eingeholt hatte. „Mit der bin ich schon mal gefahren. Das ist die Fähre, die Calais in Frankreich mit Dover in England verbindet. Die Fähre fährt zweimal am Tag. Die nächste startet“, er blickte auf seine Uhr, „in vier Stunden.“

„Das hat er also vor“, sagte Jack. „Er bringt die Gemälde außer Landes, um sie dann zu verkaufen. Ich muss auf diese Fähre.“

Jack tippte auf die Zahlentasten seiner Telefunk-Uhr. „Hauptkommissar Pierre, es gab einen neuen Diebstahl“, sprach er in seine Uhr. „Holen Sie mich am Musée d’Orsay ab. Wir müssen nach Calais.“

Kapitel 10
Der Schiffsrumpf

Henri holte Jack ab und sie düsten in höchster Geschwindigkeit von Paris bis zum Hafen in Calais. Als wären sie ganz normale Passagiere, reihten sie sich in die Schlange der wartenden Autos ein.

Die Fähre war in zwei Bereiche aufgeteilt, den Schiffsrumpf, wo die Autos und Laster parkten, und die Passagierdecks weiter oben. Während der Fahrt durfte man nicht im Schiffsrumpf bleiben. Es war auch nicht erlaubt, die oberen Decks zu verlassen und zu seinem Auto zu gehen.

Über hundert Autos und Lastwagen fuhren auf die Fähre, aber der Lieferwagen vom Museum war nicht dabei. Gerade als Jack überlegte, ob Carl das Gemälde vielleicht doch nicht mit der Fähre nach England bringen wollte, entdeckte er einen weißen Lieferwagen. Er konnte das Gesicht des Fahrers nicht erkennen, aber auf dem Wagen stand KANALFÄHRE und das Nummernschild begann mit 82 W.

„Da ist er!“, sagte Jack und deutete auf den Lieferwagen. „Nichts wie hinterher!“

Langsam fuhr Henri hinter dem Lieferwagen über die Rampe auf die Fähre. Die riesige Klappe schloss sich hinter ihnen mit einem dumpfen *Rums*. Henri parkte dicht neben dem verdächtigen Wagen und schaltete den Motor aus. Plötzlich war es still, nur das Atmen des Hauptkommissars war zu hören, der angespannt darauf wartete, was als Nächstes passieren würde. Jack spürte sein Herz ebenfalls aufgeregt pochen. Die Tür des Lieferwagens öffnete sich und ein Mann stieg aus.

Kapitel 11
Verzweifelter Kampf

„Der Rothaarige!“, flüsterte der Hauptkommissar, während er den Mann beim Aussteigen beobachtete. Der Mann schloss den Wagen ab und ging zu der Treppe, die nach oben führte.

„Alle Passagiere müssen in dreißig Minuten auf den oberen Decks sein“, dröhnte eine Stimme aus einem Lautsprecher. „Die Fähre wird pünktlich um 17 Uhr losfahren.“

„Okay“, sagte Jack und drehte sich zu Henri um. „Wir haben dreißig Minuten Zeit. Schauen wir in den Lieferwagen.“

Jack und Henri stiegen aus und näherten sich dem Wagen. Die hinteren Türen waren verschlossen, so wie sie es vermutet hatten.

Jack wühlte in seinem Rucksack und holte den Magischen Schlüsselmacher heraus. Er steckte das lange Gummistück in das Schlüsselloch. Sofort wurde der Gummi hart und formte sich zu einem Schlüssel. Jack drehte ihn um und das Schloss öffnete sich.

Henri und Jack klappten die Türen auf und trauten ihren Augen nicht. In dem Wagen befanden sich viele in braunes Papier eingewickelte Gegenstände. Braunes Papier wie das, das Carl im Musée d'Orsay benutzt hatte. Jack griff nach dem nächsten Gegenstand und reichte ihn Henri.

Mit zitternden Händen wickelte der Hauptkommissar das Papier auf. Ungläubig starrte er auf die kleine Statue einer

Ballerina in seinen Händen. „Das ist eine Bronzestatue von Rodin“, sagte er. „Seit zwei Monaten wird sie vom Rodin-Museum vermisst.“

Das nächste Paket war ungefähr genauso groß. Der Hauptkommissar packte es aus

und keuchte erneut auf. „Das ist eine afrikanische Maske aus dem Musée de l'Homme. Wir dachten, sie wäre in zwei Teile zerbrochen. Das muss die echte sein und die zerbrochene eine Fälschung."

Jack stieg in den Lieferwagen und ent-

deckte einen Gegenstand, der ein Bild sein konnte. Er wickelte das Papier ab und das Bildnis einer Frau in einem braunen Kleid kam zum Vorschein. Sie hielt die Hände vor dem Bauch gefaltet und lächelte Jack an.

„Meine Güte!“, stöhnte Henri. „Die *Mona Lisa*! Jack, wir müssen sehr vorsichtig sein“, flüsterte er. „Die Leute, die diese Kunstwerke gestohlen haben, sind sehr gefährlich. Vermutlich sind sie zu allem bereit, um zu verhindern, dass jemand ihre Pläne durchkreuzt.“

Plötzlich wandte Hauptkommissar Pierre den Kopf in Richtung Treppe um. Dann sah er Jack erschrocken an. „Er kommt zurück! Schnell, Jack, du musst versch-“

Zack! Etwas krachte schwer auf den Kopf des Hauptkommissars und er brach vor dem Lieferwagen zusammen. Der rothaarige

Mann trat näher. In der Hand hielt er einen Knüppel.

„Hier sehen wir uns also wieder, Junge", knurrte er. „Aber diesmal wirst du es bereuen, mich verfolgt zu haben."

Jack erstarrte. Der Mann lachte böse und klappte die Türen zu.

„Nein!", schrie Jack und hechtete vor. Er schlug mit aller Kraft von innen gegen die Tür, doch es half nichts. Er war gefangen.

Kapitel 12
Im Dunkeln

Jack kniff die Augen zusammen und versuchte im Dunkeln etwas zu erkennen. Zum Glück fiel durch einen Lüftungsschlitz etwas Licht herein. Er warf einen Blick auf seine Telefunk-Uhr, aber sie funktionierte nicht mehr. Anscheinend hatte er sie beschädigt, als er sich gegen die Tür geworfen hatte.

Jack hielt inne und dachte darüber nach, was er nun tun konnte. Er dachte auch an seinen Bruder und überlegte, was Max wohl in einer solchen Situation getan hätte. Da Max größer war als er, hätte sein

Bruder wahrscheinlich versucht, durch den Lüftungsschlitz zu entkommen.

„Ich hab's!“, sagte Jack. Er wusste, dass er von unten nicht an den Schlitz herankam, aber er hatte ein Gerät, das ihm dabei helfen konnte. Er griff in seinen Rucksack und tastete die Gegenstände darin ab. Dann zog er etwas heraus, das sich wie ein ganz normales Stück Holz anfasste. In Wahrheit war es die Magische Klappleiter. Er legte das Holzstück auf den Boden und stellte sich darauf.

„Sechs Stufen, bitte“, befahl Jack.

Klick. Klick. Klick. Das Holzstück klappte sich zu einer Leiter aus. Sie war genau richtig hoch, damit Jack an das Lüftungsloch herankam.

Leider war er zu groß. Er passte nicht durch den Schlitz, aber Jack hatte eine neue Idee. Er holte den Tintenschmelzstift

aus der Telefunk-Uhr und zeichnete damit einen Kreis rund um den Lüftungsschlitz in der Wagendecke. Die Spezialtinte fraß sich durch das Metall. Leise zog sich Jack durch die Öffnung auf das Wagendach.

Er blickte sich um. An der Rückseite des Lieferwagens lag Hauptkommissar Pierre bewusstlos auf dem Boden. Der Knüppel lag neben ihm, aber von dem rothaarigen Mann war nichts zu sehen. Da seine Uhr nicht mehr lief, vermutete Jack, dass ihm noch ungefähr fünfzehn Minuten blieben, bevor die Fähre die Anker lichten würde. Dummerweise war er noch weit davon entfernt, Carl zu schnappen.

Vorsichtig kletterte Jack vom Wagendach und kniete sich neben den Hauptkommissar. Aus seiner Hosentasche zog er eine kleine Tube mit Aufwach-Creme und rieb Henri ein wenig davon unter die Nase.

„Damit sollte er schnell wieder aufwachen", wisperte Jack. Plötzlich hörte er von vorne die Stimme des rothaarigen Manns.

„Ja, der Junge ist im Wagen", sagte Carl. „Ich habe ihn im Laderaum eingesperrt. Keine Ahnung, was ich mit ihm und dem Kommissar anstellen soll. Ich will nicht, dass sich noch jemand von GGS an unsere Fersen heftet. Irgendwelche Vorschläge, Boss?"

Boss, dachte Jack. *Also steckt noch jemand anderes dahinter.*

„Gut, kein Problem", sprach Carl weiter. „Ich werde sie schon los. Ich werfe sie einfach während der Fahrt über Bord. Ich melde mich, wenn ich in Dover bin."

Jack hörte ein leises Klicken, als Carl das Telefonat beendete. Dann schien er nach etwas auf dem Fahrersitz zu suchen. Jack musste schnell handeln, sonst würden Henri und er zu Fischfutter.

Jack kletterte zurück auf das Wagendach. Von oben sah er, dass Carl mit einem Seil in der Hand aus der Fahrerkabine kam. Der Dieb ging nach hinten, wo der Hauptkommissar noch immer auf dem Boden lag. Carl kniete sich neben Henri und fesselte ihm mit dem Seil die Hände. Gerade als Carl das Seil auch noch um seinen

Hals wickeln wollte, öffnete der Hauptkommissar die Augen. Die Aufwach-Creme hatte gewirkt.

„Runter von mir, du Gauner!“, schrie Henri den Rothaarigen an. Der Hauptkommissar packte das Seil und rang mit dem Mann um die Kontrolle. Mit einer schnellen Bewegung griff Carl nach seinem Knüppel und schlug Henri auf den Kopf. Der Kommissar wurde zum zweiten Mal ohnmächtig.

Kapitel 13
Der tödliche Handschuh

„Lass ihn in Ruhe!“, rief Jack von oben und sprang Carl auf den Rücken.

Carl Ponte stand schnell wieder auf und schleuderte Jack zu Boden. „Das wirst du noch bereuen, du Rotzlöffel!“, knurrte er.

Aus seiner hinteren Hosentasche zog Carl einen schwarzen Handschuh heraus und stülpte ihn über seine rechte Hand. Aus den Fingerspitzen schossen fünf rote Laserstrahlen. Er richtete die Hand auf Jack.

Schnell duckte Jack sich zwischen zwei Autos.

Zisch! Die Laserstrahlen schnitten durch das Heck des einen Wagens.

„Komm her, Junge. Dann zeige ich dir, wie dieser Laser wirklich funktioniert", kicherte Carl. Jack huschte zwischen den Autos hindurch.

„Du entkommst mir nicht, du Lümmel", sagte Carl und rannte in Jacks Richtung.

Jack hörte das Summen des Lasers näher kommen. Er eilte an der Autoreihe entlang und versteckte sich hinter einem roten Laster.

„Du kannst dich nicht ewig verbergen“, drohte der Dieb.

Jack wühlte hektisch in seinem Geheimagenten-Rucksack. „Wo ist es? Wo ist es?“,

murmelte er vor sich hin. Er suchte nach dem einen Ding, das ihn vielleicht noch retten konnte. „Da ist es ja!“, sagte er laut, als er das Teil aus dem Rucksack fischte. Er holte tief Luft und trat hinter dem Lastwagen hervor. Er sah dem rothaarigen Mann direkt ins Gesicht.

„Also gut, Carl“, rief Jack. „Zeig mir, was du kannst!“

Kapitel 14
Die Hypnose-Scheibe

Der rothaarige Mann hob die Hand und zielte mit den Laserstrahlen auf Jack. Sofort riss Jack seine rechte Hand hoch. Darin hielt er eine flache, runde Scheibe mit bunter Oberfläche.

Das war die Mutter aller Geheimagentengeräte: die Hypnose-Scheibe. Normalerweise drehte sich die Scheibe im Uhrzeigersinn und strahlte dabei ein Licht aus. Wer hineinsah, wurde auf der Stelle hypnotisiert. Aber Jack hatte den umgekehrten Mechanismus aktiviert. Statt Licht auszustrahlen, saugte die Hypnose-Scheibe die Strahlen von Carls Laserhandschuh auf und machte sie damit unschädlich.

Carl starrte Jack verwirrt und panisch an. Dem rothaarigen Mann war es nicht gelungen, Jack zu töten. Stattdessen hatte sich das Blatt gewendet.

Der Bösewicht starrte auf die Hypnose-Scheibe. Er hatte noch nie eine zu Gesicht bekommen, aber von ihrer Kraft hatte er schon gehört. Er schluckte schwer und tat das, was jeder vernünftige Verbrecher an seiner Stelle getan hätte: Er fiel auf die Knie und flehte um Gnade.

„Bitte, tu mir nichts, Junge“, bat Carl. „Ich hab es nicht so gemeint. Ich hab nur gemacht, was mir gesagt wurde.“

Jack dachte einen Augenblick nach. Er würde Carl niemals etwas antun, aber es konnte nicht schaden, wenn der Dieb sich noch ein wenig quälte. „Ich lasse dich am Leben, wenn du mir verrätst, für wen du arbeitest und warum du diese wertvollen Kunstwerke gestohlen hast", sagte Jack.

In diesem Moment hörte Jack hinter dem Lieferwagen ein Geräusch.

„Oh, mein Kopf", stöhnte eine Stimme. „Was ist passiert?" Es war Hauptkommissar Pierre. Er stand auf und kam um die Ecke. „Alles in Ordnung, Jack?", fragte er.

„Alles klar, Hauptkommissar", antwortete Jack.

Henri trat zu ihm und rieb sich über die Beule an seinem Hinterkopf.

„Mein Boss, Denis Dupré, hat mir die Diebstähle befohlen", gab Carl schluchzend zu. „Wenn ich ihm helfe, die Kunstwerke zu rauben, gibt er mir eine Million Euro, hat er versprochen. Damit könnte ich meine Wettschulden zurückzahlen. Er will die Kunstwerke an private Sammler verkaufen, die in anderen Ländern leben –“

„Aber irgendjemand hätte die Bilder doch erkannt“, unterbrach ihn Hauptkommissar Pierre, „und die Sammler wären verhaftet worden und ihr wärt aufgeflogen.“

„Die Kunstwerke sollten in ganz besondere Privatsammlungen gelangen“, erklärte Carl. „Niemand außer den Käufern hätte sie zu Gesicht bekommen.“

„Wie ist es dir gelungen, die *Mona Lisa* zu stehlen, ohne dass es jemand bemerkt hat?“, fragte Jack.

„Monsieur Dupré hat dafür gesorgt, dass der zuständige Wachmann die Videokamera zwischen zehn vor acht und fünf vor acht Uhr abends ausschaltet“, erklärte Carl. „So konnte ich das Gemälde stehlen, ohne dass es einen Videobeweis für mein Betreten und Verlassen des Raumes gab." Carl sah Jack und Henri flehend an.

„Hm, was machen wir jetzt mit ihm?", fragte Jack Henri.

Hauptkommissar Pierre trat zu Carl und drehte ihm die Hände auf den Rücken. Aus seiner Tasche holte er Handschellen und fesselte damit Carls Handgelenke.

„Und jetzt", sagte der Hauptkommissar und sah auf seine Uhr, „sollten wir schnell von dieser Fähre runter und ihn der Hafenpolizei überlassen. Wir müssen uns noch um einen dickeren Fisch kümmern. Denis Dupré ist für all das verantwortlich. Ich denke, wir sollten ihm gemeinsam einen Besuch abstatten."

Kapitel 15
Besuch beim großen Tier

Jack und der Hauptkommissar betraten die Empfangshalle der Pariser Sicherheitsfirma auf der Champs Elysées. Sie liefen an der Frau am Empfangstresen vorbei, die in ein Buch vertieft war und Kaugummi kaute. Als sie die beiden bemerkte, waren Jack und Henri bereits im Aufzug und auf dem Weg in den dritten Stock.

Jack und Henri gingen den Flur entlang zu Monsieur Duprés Büro. Ohne anzuklopfen, riss der Hauptkommissar die Tür auf. Monsieur Dupré saß an seinem Schreibtisch und kehrte ihnen den Rücken zu. Er war so sehr in ein Telefongespräch vertieft, dass er ihr Eintreten nicht bemerkte.

„Ja, das stimmt", sagte Monsieur Dupré in den Hörer. „Sie können die echte *Mona Lisa* haben. Von diesem berühmten Künstler Da... Da... Da... Ja, genau der... für läppische hundert Millionen Euro."

„Ähm!", räusperte Henri sich, um Monsieur Duprés Aufmerksamkeit auf sich zu ziehen.

„Hä?", machte Monsieur Dupré und sah über seine Schulter. Als er Jack und Hauptkommissar Pierre erblickte, drehte er sich so hektisch auf seinem Stuhl um, dass er mit dem Knie an die Tischkante stieß.

„Auuu!", heulte er vor Schmerz. Er rieb sich das Knie und legte langsam den Hörer auf.

„Ich verhafte Sie, Denis Dupré, für den Diebstahl der *Mona Lisa* und der anderen Kunstwerke, die wir in Carl Pontes Lieferwagen gefunden haben“, erklärte Hauptkommissar Pierre, dann ging er um den Schreibtisch herum, um Denis Dupré Handschellen anzulegen.

„Was? Das ist lächerlich!", schrie Monsieur Dupré und erhob sich. „Ich bin Denis Dupré, Eigentümer dieser Firma. Ich habe damit nichts zu tun! Das Telefonat eben … ich … ich … ich habe nur Blödsinn gemacht, ehrlich wahr. Ich weiß nichts über den Verbleib der *Mona Lisa*!", versuchte er verzweifelt zu erklären.

„Ihr Komplize, Carl Ponte, behauptet etwas anderes", sagte Henri, während er die Handschellen zuschnappen ließ. „Er hat gestanden, dass Sie der Drahtzieher hinter den Diebstählen sind. Und ich glaube ihm." Hauptkommissar Pierre zog Dupré hinter seinem Schreibtisch hervor.

„Du bist an allem schuld", knurrte der dicke Mann Jack wütend an.

„Genau", sagte Jack. „Ich hoffe, Sie haben Ihre Lektion gelernt. Man nimmt sich nicht, was einem nicht gehört."

„Du kleiner –“ Der Mann wurde rot vor Zorn.

„Danke, Jack“, sagte Henri und schüttelte ihm die Hand. „Ohne dich hätten wir den Fall nicht gelöst. Die Stadt Paris ist dir sehr dankbar und die gesamte Kunstwelt natürlich auch.“

„Kein Problem“, sagte Jack. „Ich freue mich, dass ich helfen konnte. Ihr wisst, wo ihr mich finden könnt, falls ihr mich noch einmal braucht.“

„Hoffentlich nie wieder“, erwiderte Henri. „Aber du bist uns in Frankreich natürlich jederzeit willkommen.“

Jack lächelte ihn an und beachtete die wütenden Blicke von Monsieur Dupré nicht weiter.

„So und jetzt schauen wir mal, ob wir eine gemütliche Zelle finden, wo Sie sehr lange Zeit Ferien machen werden“, sagte der Hauptkommissar zu Monsieur Dupré und führte ihn den Flur entlang.

Henri winkte Jack zum Abschied zu, als er mit dem dicken Mann in den Aufzug stieg. Jack winkte zurück.

Kapitel 16
Lift nach Hause

„Es wird Zeit für mich, nach Hause zu gehen“, sagte Jack zu sich selbst.

Er ging zu dem zweiten Aufzug und drückte auf den Knopf nach unten. Die Tür glitt auf und Jack trat in den Lift. Aus seinem Rucksack holte er einen runden Schalter mit einem H darauf und klebte ihn über das E für Erdgeschoss. Er drückte auf den Knopf, der sofort zu leuchten anfing.

„Nach Hause, bitte“, sagte Jack zu dem Knopf. Der Aufzug fuhr nach unten. „Auf nach England!“, rief Jack.

Als die Türen sich öffneten, trat Jack in sein Zimmer. Es sah aus, als wäre er nie weg gewesen. Hinter ihm verschwand der Aufzug. Er sah auf seine Uhr. Es war eine Minute nach halb acht. *Perfekt*, dachte er und ging zu seinem Schreibtisch. Er griff nach dem noch nicht fertig gezeichneten Bild von Super Smash und setzte sich.

„So“, sagte er. „Jetzt kümmere ich mich mal um dich.“

Jack nahm einen Stift und begann zu zeichnen. Er wusste, dass sein Bild niemals so berühmt werden würde wie die Kunstwerke in Paris. Aber das war ihm egal. Im Kunstunterricht ging es schließlich nicht um Ruhm, sondern um Spaß, fand Jack. Und genau das hatte er mit seinem Bild vor – Super Smash im Kampf mit Tortua, deren Kraft er mit einer mächtigen Scheibe zerstörte. *Das ist eine echt gute Idee*, dachte Jack.

Elizabeth Singer Hunt ist preisgekrönte Autorin der Reihe *Geheimagent Jack*, die sich weltweit über zwei Millionen Mal verkauft hat und von der britischen Bildungsministerin als „Must-read" für Jungs bezeichnet wurde. Hauptberuflich arbeitet sie als Anwältin für eine gemeinnützige Gesundheitsorganisation, die sich dafür einsetzt, in Kambodscha Leben zu retten. Hunt lebt mit ihrem Mann und ihren beiden Kindern in Kalifornien.

Von Elizabeth Singer Hunt ist bei cbj erschienen:

Geheimagent Jack – Auf der Jagd nach dem Dinosaurier
(Band 1, 17558)

Geheimagent Jack – Die Suche nach dem gestohlenen Schatz
(Band 2, 17559)

Elizabeth Singer Hunt

Geheimagent Jack – Auf der Jagd nach dem Dinosaurier

128 Seiten, ISBN 978-3-570-17558-3

Eigentlich ist der 9-jährige Jack ein ganz normaler Junge, doch nachts wird er zum Geheimagenten für die Globalen Geheimen Sicherheitskräfte. Mithilfe einer magischen Landkarte gelangt er an Orte, an denen seine Hilfe gebraucht wird – wie das Museum of Natural History in New York. Dort wurde ein Dinosaurierknochen gestohlen und Jack soll ihn zurückbringen. Doch als er den Dieb ausfindig gemacht hat, läuft Jack einem lebendig gewordenen Allosaurus direkt in die Arme! Nun heißt es, einen kühlen Kopf bewahren und die Spezialgeräte bereithalten, die Jack in seinem Agentenrucksack immer dabei hat!

10387

www.cbj-verlag.de

Rüdiger Bertram

An ihrem zehnten Geburtstag schlägt Zora die Augen auf und da sitzt es: Dieter, das Stinktier. Ihr Totemtier, das sie von nun an überallhin begleiten wird. Zora ist entsetzt, denn Dieter ist vorlaut, verfressen und eingebildet. Außerdem haben andere in ihrer Klasse richtig coole Tiere. Bis auf zwei. Leon und Anna, die mit Ratte Jasper und Faultier Paula zu den Außenseitern zählen. Höchste Zeit, das zu ändern, beschließt Dieter, der zwar frech, aber auch ziemlich verschmust und zudem äußerst einfallsreich sein kann, wenn es darum geht, Zora zu beschützen. Und so gründen die Freunde den »Club der doofen Tiere« und das bedeutet tierischen Spaß, bis es den anderen gewaltig stinkt.

Stinktier & Co – Gegen uns könnt ihr nicht anstinken
Band 1, 208 Seiten,
ISBN 978-3-570-17338-1

Stinktier & Co –
Stunk in der Geisterbahn
Band 2, 208 Seiten,
ISBN 978-3-570-17398-5

Stinktier & Co –
Stunk unterm Weihnachtsbaum
Band 3, 208 Seiten,
ISBN 978-3-570-17487-6

10381_3

www.cbj-verlag.de